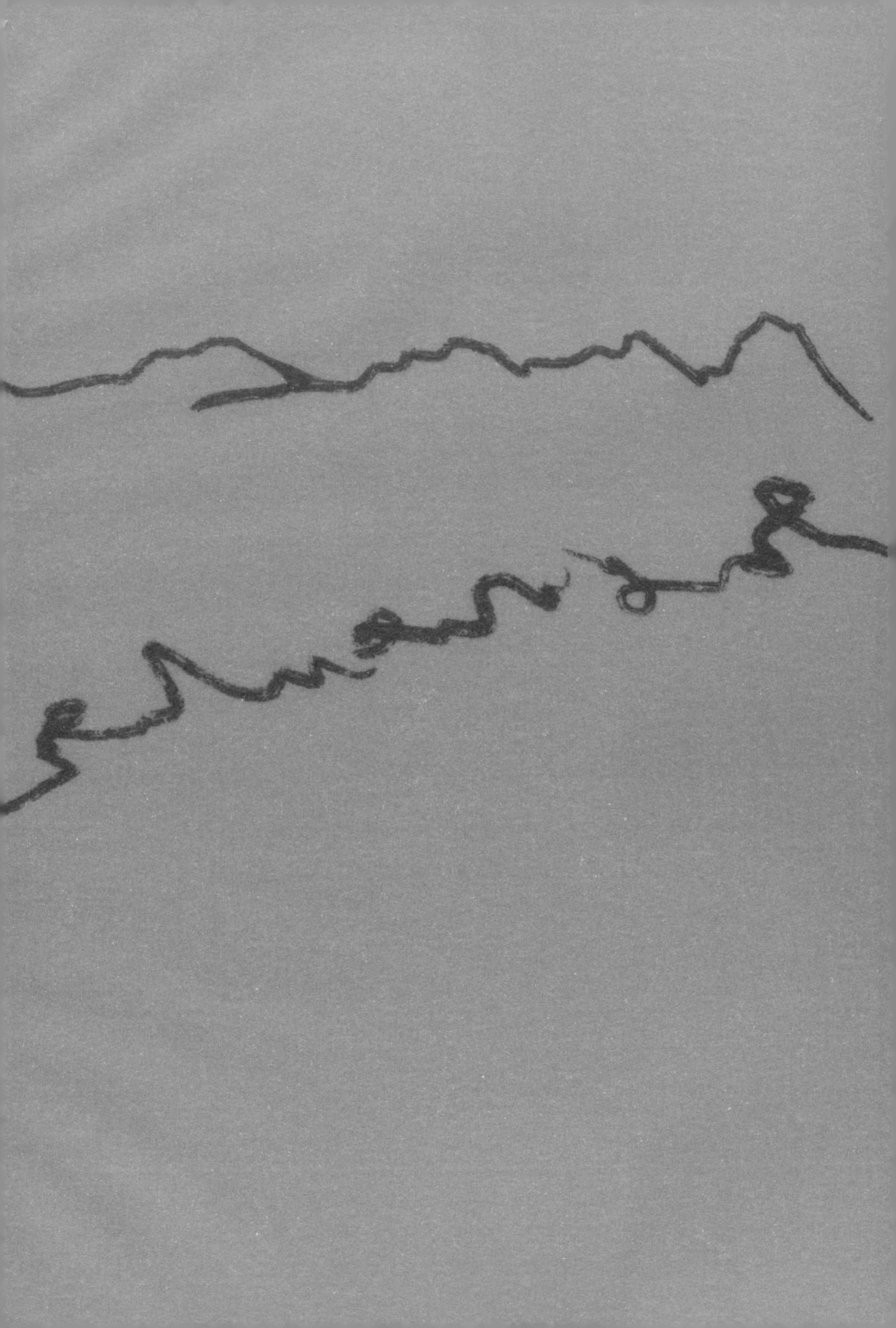

信史

【館長序】

探索後山文學的企圖心

——「二〇二一後山文學年度新人獎」得獎專輯

本館自二〇一四年起開始辦理後山文學獎，歷經八年的耕耘，逐漸展現出屬於這片土地美好的文學精神，「後山文學」已成為一個代表花東地區的文學品牌。為使後山優秀文學創作者一圓出版自創作品專輯之夢，二〇一九年起增加「後山文學年度新人獎」徵文活動，獎勵後山具有潛力的優秀文學創作者以不同文類形式，來表現心中美麗的文學風景，並藉由出版自己的作品，與更多閱讀者進行交流及對話。

今年第三屆「後山文學年度新人獎」能夠順利付梓，要特別感謝張亦絢、郝譽翔、方梓、廖鴻基及簡齊儒等五位評審委員的辛勞評審。獲得獎項計有陳有志《北上南下》（新詩）、天吳《信史》（新詩）及王和平《色情白噪音 that's the hormones speaking》

（小說），共計三件作品。綜觀來說，三篇皆屬實驗性的作品，有著大膽的嘗試，可以看出作品中有著克服困難的勇氣與用心，也展現了創作者的企圖心，在個人的文學創作的路途上是相當珍貴的。

陳有志新詩作品《北上南下》，評審認為其詩風與文字成熟而穩定、典雅中帶著學院風，作品中融入對於花東地區原住民族文化的思考，關注其現實生活面，內容看似簡單，但具有強列的回韻，讓人反覆咀嚼。此次參賽作品中，雖有許多描寫校園的作品，唯獨此篇作品整體風格穩定，且有節奏性，但作者能將這類校園生活經驗描寫得令人印象深刻，可以感受到作者成熟的文筆與生命體悟。

另一部獲得評審肯定的新詩作品是天昊的《信史》，這部作品結合東部的地景、人文歷史和哲學的基礎，將自然物象擬人化，使得文章內容相當深情，且許多文字具有韻律感，相當適合朗誦，評審一致認為此作品具有思想性、風格多元，是相當出色的新詩作品。

王和平小說作品《色情白噪音 that's the hormones speaking》，文中探討了異性戀、同性戀、跨性別等議題，豐富地表現現今年輕人的情慾元素及想法，風格相當多元豐富，而且作者的手法不落入俗套，無論是感官感受，或是破解語言的僵化秩序，都讓文字的呈現變得相當新穎及靈活。

藉由此獎項，文壇新秀們在自己的生命篇章加入新的一頁，也在此揮灑出令人驚豔的文學新風景，不但展現屬於花東豐富多元的書寫風貌，更灌注文學蛻變的生命力，建構文學的新面貌。期待這些優秀創作深入日常生活脈動與場域，並持續為後山文學留下精采動人的章節，共同形塑後山最美、最迷人的文學特色。

國立臺東生活美學館　館長　江愚

【推薦語】（依姓氏筆劃排列）

十分榮幸，能有機會成為女青年優秀詩人天吳第一本詩集《信史》的新讀者，我非常開心。

此詩集以《信史》為主題，她的詩思和思想，十分清新，每一首都值得細細讀，慢慢咀嚼，靜靜玩味；她的抒寫，是十分純粹的，是——

本土的、原民的、關懷的、處子的、
清新的、親切的、
輕巧的、明朗的、
可愛的、新鮮的、
純潔的、

自然的、原創的、
驚豔的、震撼的、
經典的信史……

作為一位優秀的女青年詩人，未來肯定的會更加豐碩、博愛、偉大；一切的一切，都值得我們信心滿滿、殷殷期待和祝福……

（二〇二一年九月十八日捷運淡水站初稿／中秋前夕於九份半半樓定稿）

林煥彰（詩人、畫家、兒童文學作家）

天吳《信史》帶我們聆聽花東海浪的聲音，也為我們講述布農族的神話與歌謠。她關注「語言」與「信史」，語言的沉默或述說，原始與多樣性，在她筆下有各種翻轉的姿態。而「信史」是一種信念，以詩寫史，從龜山島開始，沿著鐵道，傍著海岸線，長濱、鹿野、太麻里、舊香蘭遺址、南迴……她把後山的風景與人文推到我們面前，令人嚮往，也啟人深思。她的詩節奏明快，語言蘊藉，像太平洋的浪，不斷拍打我們的心房。

洪淑苓（詩人、臺灣大學中國文學系教授）

有幸與作者天吳共事約兩年的時間，平時雖多分隔二地，但只要在社群媒體上看見她的文字，我總是喜歡多停留、咀嚼，即便作為文學的外行人，也即便她描繪的時常是我理論上熟悉的題目，從教育、孩子到花東的土地……但總是透過她的筆，我的感官彷彿被細膩的喚醒，得以感受到我先前未能體會的真與美。非常開心看見她得到後山文學新人獎的肯定，誠摯的推薦這本詩集，相信它也能帶領讀者經歷不同過往的感官對話。

劉安婷（為臺灣而教TFT創辦人）

目次

【館長序】
探索後山文學的企圖心
——「二〇二一後山文學年度新人獎」得獎專輯／江愚　007
【推薦語】／林煥彰、洪淑苓、劉安婷　010

楔子
文姬歸漢　021

書簡往
寄明信片去澎湖　031
全世界都在等你　035
南迴　039
訴衷情　042

海上生明月　045
鹿野　047
交界帶　049
所在　053
揀日　057
長日將盡——記夏至環食回程　059
鐵支路　063
接近了龜山島　065
香蘭　067
金崙　072

書卷蠹

四季草　081
向量問題　084
綠島小詩　086
可愛詩　087
溫柔詩　089

洋流預言

先知簡易　097
長濱　099

玉仔山嶺

水氣繚繞之地　119
緩緩——麵包樹下的自我介紹　124
螢火蟲　127
回家了　130

於此同時

Quaranta　139
福爾摩沙二〇二〇　142

後記

羽翼　149

楔子

文姬歸漢

作為名字被記下的人，為那些被遺忘的名字執筆

多風多積雪的地方
漢家的使者，衣冠楚楚地打哆嗦
異鄉人如我，胡服十二載，雙手環胸
飛雪，已隔絕於穹廬，眼簾之外
而漢家的旌節高揚
單薄的使者和厚禮，哆嗦
不通言語的孩子在大地上歌唱
是多風多雪的胡笳

迎我回去，漢家
旌旗曹丞相，異乎人俗少義理的
衣冠楚楚的他們
用千金和南匈奴的笑容
換我孤身歸去
兒前抱我頸問
我問我欲何之？
「也好慰蔡中郎地下之靈」
胡地的長風吹動漢家旌旗曹丞相如是說
恩人的善意燃起時
孩子正從帳外奔來
鑽進懷裡，不住哆嗦

我們下巴抵著額頭
在多風多積雪的地方
烤手
漢家旌旗尚在玉門關內聳立，哆嗦

（今夜的積雪特別厚
穹廬頂上星墜的悶響濃得似他
股下的厚繭，似他胸膛熟悉的氣味
比孩子粗獷的臉孔。他單手披衣
兀自坐起，一手搭在股上，說單于
說單于啊已讓漢家旌旗
在一箭之外，無風雪處
聳立。有溫度的白煙消逝在黑暗之中

他臉孔朝東，伸手覆上絨毯
幾記悶響，淚滴如豆
和孩子神似的鼻樑沒朝向我
漢家風涼，莫要哆嗦
他說
漢家歸去，切莫思我
他說）我不能說
漢家的旌旗下回首
穹廬在積雪中如豆

玉門關內風和雪婆娑
比胡地溫柔
這天大的喜事丞相的大功

三分之一的漢家旌動
且讓我自個兒下筆
記誦滿架
薰陶我的國風
風雨，柏舟，雪落
悶響

生還的屈辱
呵，何況是妻胡
我漢家怎容

吹響沉默的風
新人拖著跣足的腳鐐
坐於床邊

簟枕的荒漠上
玉門關，旌旗矗
眼簾的積雪落到了這般多風的地方
孩子用胡笳的鼻樑共鳴
歸來……
我不能說
那多風多雪的語言

書簡介

書簡往

寄明信片去澎湖

明信片去澎湖
繞過砧硓石的巷弄，小屋
海天抵額相視的長岸，搖曳的瀏海
郵差穿著一樣的綠衣服

寄去澎湖
從海的一端到另一端
到島的一端，到島的另一島

穿越北城的雨季，抵達南方的歌曲
彷彿島嶼子民母親的母親
都在這有座宅第
綠影搖曳天人菊，此曲只應海上有
墨丘利掌玩著水星，浪花搖曳
仙人掌把信投進風蝕的信箱
浪花搖曳

寄明信片到澎湖
澎湖　澎湖
一封祖露的風景
一張等比縮小的心緒
一則抄自Messenger的住址

澎湖縣　上岸的浪濤，裙襬搖曳
馬公市　也許拐過了媽祖的廟埕
文光路　逆著上學的孩童前去
八十五巷八十五　浪裡搖曳澎湖
格紋裙襬，粉紅制服
垂著瀏海垂著頭，背著單字或歌詞的你
也許在門口埕

明信片寄到澎湖
澎湖　澎湖
就這麼晒乾漫漶的字跡
就這麼染上陌生的口音
想要繼續待在這裡

怠忽職守的墨丘利親自送信
在門口埕
守候，小聲唱歌等你
好像看見遠遠走來了
搖曳的天人菊
或是遠方撥動瀏海的海域

全世界都在等你

全世界都在等你
等待你動作
在你睡著時
早起的燕雀可曾知曉
凝視日升的意義
釣客與鈎月
餌蟲的出身地
離蟬噪的山林不遠

一匹浪青的長度
等到連線恢復
便知徒步需要幾多
分針的反覆
海平面外太陽是靜止
或踱步

等待你
睡醒的姿容　亂髮蓬鬆
從此
不必早起　不必缺眠
無須步往星辰盡頭　海岸之東
朝日已是瞬目間的升起

只待你眼皮照耀
秋分後的北半球

全世界都在等你
等你起床
等你拉拉百葉窗
指間光影巍大
等你刷牙洗臉翻閱早報
等待你發現窗外有光
發現那皮膚的氣溫又逐漸升高
海水正藍　漫及你無垢的趾間
然後世界會說
啊，你早

晚到的雁今年準時了一回
世界等你預告一場初雨
可是你依然沒有說
沒有動
霜色的唇不循氣候
雲在嶺上積聚
個個世界有其
頻率的緘默

啊，人字雁的陣形出發了
淹沒於山與海霧之中

南迴

車過枋寮
夕陽與竹擔斜倚在肩頭
一路向南
海峽的盡頭
我們將失去夕陽
廟宇的雁南歸
羽紫翅橘
列車繼續向南駛去

車過大武
棍尾的陽光　包覆於
黑幕之中　一路向北
巴士路遠
大洋遙迢
我們已失去夕陽
星空下樹立伯利恆的十字架
滿堂兒孫的稻穗燕雀
秋來谷風

車過鹿野
池上　富里

璞石閣
我們失去夕陽與大洋
但我們將有
山嵐拂地
每日日出
輕喚的稻香

訴衷情

找一個山谷
呼喊心中的名
山嵐從山谷漫漶下滲
吞沒著欣喜的淺笑
你要小心回聲
把話語說得太清楚
或把體貼切得如針

如霧
驚起卻回頭
水鹿翻動精靈的耳朵

找一條公路
唱與海有關的每首歌
下降的坡度
夾角山海的曲度
海浪的公式與色調
光譜　注意呢喃與時速
太平洋擅長翻譯
以浪的長短記誦風

找一個指勢
靜止於平地或森林
泉水甘美處
來吧螢火蟲
帶我去看不到的地方
最自然的名

海上生明月

海上生明月
我們沿著路面邊線
摸著
銀光的髮絲向前
反光板如佳節的霓虹
照亮島國的邊界
不見海
祂祇在黑潮的搖籃中踢被

明月自有其泅泳的海域
浮沫之雲
折射的日光
雲中的倒影
是以海上生明月

鹿野

來了
漣漪的草地竊竊私語
萌芽的波紋咬著刺刺的耳朵
來了來了　they said
靜止的街市
一頭負傷的鹿
疲憊而優雅
她的前蹄正流血

留著新葉的飛瀑之短刃
濺溼而刮琢的玉屑
璜璜的聲響和
草原水流
說著來了來了
哪裡會注意到
她的心底有座
嗚嗚的湖

交界帶

山是聖山
山的對面仍是山
相同卻不同的血脈
這一側，我是碩大久遠的高
原是野馬塵埃以我為家
鮮卑，契丹，女真奔馳
在眉目蒼茫的歐亞版塊
我是古老，深厚的聖山

朝朝陽升起的山巒探手
那是，那是一雙柔軟新生的祕境
年輕，炙熱的岩脈，湛藍的肌理
回應索求時
有著凜然的神情，柔軟的姿態與
顫動的虎口
以萬年為單位聚合摩娑
雨與虹相互告誡獸群的驚走

溪是乾溪
谿谷是流眄的光年
遙遠卻易達，守宮顧盼

水鹿回眸，流動的不過是一衣帶水
尚存氤氳謹寄圓潤的懸念
耳尚未聽熟你背簍裡的歌謠
嘴還不能正確咀嚼你的名字，只是削磨
愚騃的馬齒
你的名字如稻穗，如浪花，如玉珥
我在寬廣且易達的溪床上踱步，練習，假裝
模仿岩石的唇形

何處何人讓立牌聲稱
此去為聖山，此去為大洋
在摸索的目光與指尖交錯之間
洋流被巨陸吞噬之前

古謠與新生的舌貼附的瞬間
正解介於你我相擁的掌心

所在

此刻你我可能身處同一個城鎮中
抬望眼的神情
生出了左手香的葉絨
關窗的聲響靜於樹聲
午睡的涼被　貓的閣樓
無法窺視　解梯而眠

而我們
望著同一方天空　可能
指望未知名氏的雲連綴成文
也許風雨　也許虹
貓兒靜謐的眼珠
錄製鎮郊拖過淺潦的輪痕
此刻同在山的腳趾下
比較拇指與食指的篇幅

想到此時你身在這座島上
惡的花苞便鑽回袖口
遍地是你愛的向日黃

笑靨的花蔭　風的鼻息
何須畏怕雨的記憶

下筆此刻　思想的城邦
意念的島國正在興建你的宅院
座椅停泊被褥之緣
拋錨時貓眠如昔
山剝去白袍　翠青的肌膚呼吸
一隻赤足跨過天藍釉的木檻
完成上漆

世界之中的你
正在某個角落呼吸

（宅院的磚瓦是
你愛的向日黃）
花的姿態　樹梢樂音
鳥鳴不已　涼被悄悄升溫
所以我輕聲細語

揀日

鳥聲比車聲喧囂
山在晨光的切換下
揀選衣帶　琢磨甫定
餘絲如海外的遠航
氣流掠入　覆上冰冷
外衣的肌膚
遂起了無謂且真切的提問
今天該選哪一個顏色呢？

拔河藍　夕照橙　太魯閣灰
指尖在海的櫃中拈看每件布料
設想著中午會面的情景
日光明鑒

「嘿」山說
「嗨」看著山腰際繫著
同樣那一條白色衣帶

秀姑巒的鎖骨乃至於肩
仍鑲著粼粼的光

長日將盡

——記夏至環食回程

這是枯燥平鋪的一條
日光道，瀝青的縫隙藏匿
曝曬的果報，春了的第一穫
在蟬聲聽慣後剃髮
風與你，飛馳的通風的袖
車聲颺起，稻落的氣息
氣味牽起絲線
提起胸口向前

從此之後，北半球將擁有漸長的夜
山脈成長，太陽蹲屈
眼間的光不再刺眼
月將擁有夾角的喘息
雲的池塘墨暈了
頭燈仍銜著你蜿蜒的車尾

這是漫長奔波悲喜的一天
病房，教堂，早餐店讚嘆咒詛等待的
眾生默數光天化日消逝的分秒
顯露衣冠之內的真語
明月不歇，穿梭光與我們之間

唯今日剛巧顯現
不歇，悄然
取適切的距離，凝視，運行
唯軌道的推移選了今日，脫口而出
只是仍未令你明白
玉玦環而復玉玦
想染玷的終復無瑕之璧

終究是天體的愚昧
此身疲敝而夜夢將臨
我們將在獨一又相似的暮霞中別離
失去車燈的牽引
稻群的唱吟，你的白衣

在落沒的夏日中印證
長日將盡

註：二〇二〇年六月二十一日夏至，於環食帶上花蓮富里觀日環食。下次若要在臺灣觀看日環食要等到一百九十五年後，也就是二二一五年。

鐵支路

離開臺北的時候
淡水河是朦朧的沙紙
附著一些灰色的刮痕

啊這陣雨一時大一時小是何時會息？
父親的掌和傘搭在黑白的枕木紋上
一路排到了歷史的鐵道
拔除了鐵鏽和霉著雨鄉的枕頭

回鄉的異鄉的望鄉的遊魂
一箇個都在列在那裏
被快速的慢速的列車
衝散雨中難辨的囈語
一絲一縷重聚凝合
作生鏽的工具，腐爛的材心

拈起靜躺的沙紙
摩娑走過的路
潮溼刷洗

接近了︵龜山島

搖籃裡的寶寶還在睡
搖晃懷抱裡有我睜開
汐止以後就黏上的掌心眼皮
遂驚喜於海獸的巨大
甲冑上的苔蘚，蓬萊的新枝
在嬰孩的肌膚上，降生
如秋毫，而吾一一察之
清澈，明亮，無防備

碩大堂皇的睡顏
於伊只是世紀的淺眠
往返平凡的開闔眼
定位的孤嶼不算少見
卻想喚醒混沌裡的稚子
接近了　烏龜山
接近了　秀姑巒
時間在乍死的壓擠裡飛梭
織就安倚的肩頭與臉頰
多雨的平原此刻晴朗
此刻離家的嬰孩搖擺著
海浪，鐵軌，一路好眠
下一站也是安眠的村莊

香蘭

交換了晚安的抵掌
你在板塊的斷層帶睡去
拿起脫水機裡有曬痕的短褲
判斷屋頂上的巨響
是春雷　或是夏雨
你已沈沈睡去
輕微的呼與吸
朱比特的雷擊

呼與吸　雷擊
遂想起在香蘭
遺址的沙灘
厚厚的薄被掩著太陽
被天象捉弄驚擾習慣
腳趾撥沙　回去雲裡做夢
夢裡日正當中
海天湛藍　小艇穿梭
呼與吸　海風　雷擊　山丘　抵掌
呼與吸　指尖　結晶　氣味　剔透

（這個夜晚雷聲不斷
或許是宙斯取回了他的名字
有曬痕的長袍
天雷地火
追隨天鵝兔子或牡牛
護卵的百步蛇
建築面海的工廠　鐵礦　火光）

你說聖神祇有一個
我靜立著聽你說
你說聖神祇有一個
我依偎著肩頭聽你說
你說聖神祇有一個

我摟著世界的真確聆聽
你說聖神祇有一個且
祂愛世人
呼與吸　雷鳴　我正見證

舊的日子棄置在沙灘
新的浪潮將地窖掀開
雷擊　悶響
痙攣的恥骨
被風化的文化
消磨殆盡
餘存每日的光

註：舊香蘭遺址位於太麻里溪出海口南岸。二〇〇三年杜鵑颱風掏空海岸沙丘，露出石板棺，這個鐵器時代的史前聚落才重新被發現。其出土文物目前在國立史前文化博物館保存展示。

金崙

「太麻里：太陽照耀肥沃的土地
初夏把明信片寄到你的皮膚與我的涼鞋
為封閉的夏日貯存二色絹印」

海岸線正在鋪展
橋礅與路燈支手撐著
天的顏色與雲的流動
並不簡單
簡單的是入彎前預先打一點方
向盤讓過彎時不會那麼急簡單

的是單手開車一手喝水隨心所
欲的靠近　遠離
於你而言這些是簡單的事
As for me, they're not.

小心忍耐地把持沁汗的掌
金香橋一號　過彎
金香橋二號　過彎
金香橋三號　過彎（非工務車請
勿進入）一直到一直到最後
你看見下降的大海
發出喜悅的驚叫

我小心忍耐把持方向的羅盤
筆直入海　白淨沙灘

小巷蜿蜒　金崙溪在冒汗
路牌說著地名　距離與減速
減速　貓犬出入請減速慢行
疼痛證明生存的真切
你抿唇緊握方向盤
望向插羽的天主堂　四方十字架
於是我知曉了溪底的困難
「讓我穿上你們的衣服　去生活
去打獵　去思考　去吃飯　去洗澡」
街頭的圓桌坐著排灣語

貓犬望向四方的十字架
大聖若瑟為我等祈

溫泉的氣味來自於身體
「你看海」在大眾池中即從座起
袒左右肩　遂看見收納成三角的海
歡喜讚嘆　四方的屋頂
撥開玉米筍如維納斯揭開貝殼
我們歡喜讚嘆　聖心慈悲之心
礫灘　椰樹　生啤酒　亦歡喜讚嘆
海水是沒有形狀的
而山每日抽高
下一回還是這般景致嗎

（巨人在床板上丈量
合適的身高　鋸斷或拉長
擁有聖心的人穿上他們的衣裳）
雲霧沒有形狀
所以不害怕
愛沒有形狀
天上自由來去的雲
自由去來

書
卷
蠹

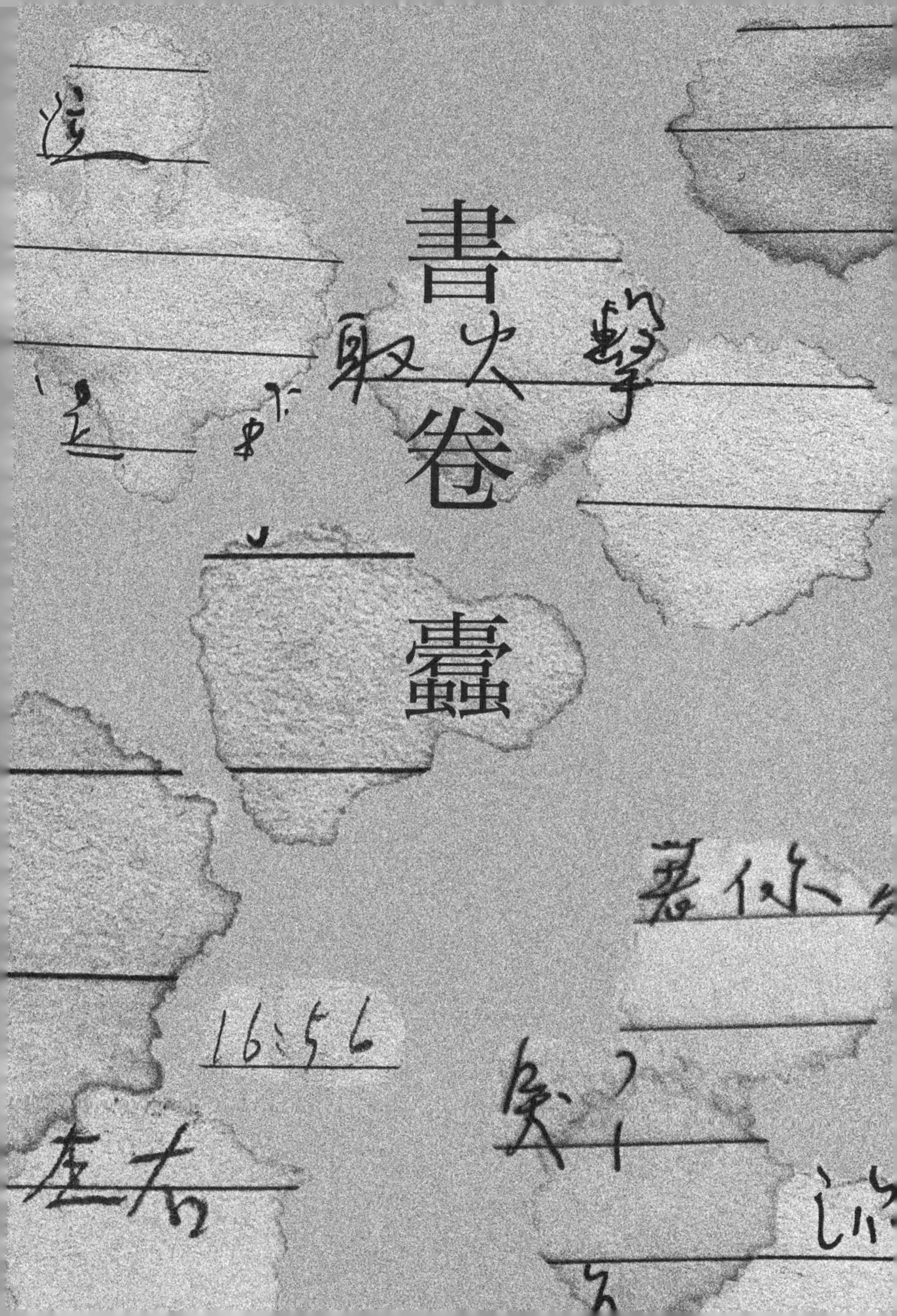
書卷蠹
16:56

四季草

如果我們在夏天相遇
我們會一起去亮亮的溪抓魚
清澈的水流
流過我　流過你
流過兩條斑紋相似的魚

如果我們在秋天相逢
我們會一起去高高的山吹風

飄盪的楓葉
飄到西 飄到東
飄到兩個人歌聲中

如果是在
滿佈酢醬草的草原
你先找到了一朵幸運草
慧黠地數著
心與愛的倍數
頰起下巴
輕笑著

我不擔心你走遠
挽起袖子
我們將走遍整個草原
直到太陽不再圓
然後月圓
我們會陪著彼此直到
我們一樣幸運
心與愛充裕平分在我們掌心
如月圓滿

向量問題

(+)國小膽

「老師！他一直弄我！」

(-)膽小國

於是蜷起了舌頭裹起身體
任同學戲弄搥打
露出保衛的微笑，貧弱的軍備

小小聲地說
嘿，請你住手

「吼呦，啊他又沒跟我說！」
憑這副膽
小國何以稱國

抿著思想的唇
乾旱正綢繆每一條河流
祇是此刻尚未通出口

綠島小詩

海浪住在海風裡
海風住在涼亭裡
涼亭住在草坡上
草坡住在小島上
小島住在海浪中
海浪住在無邊無際的海藍
涼亭中詩人居住
於浪於風
於星塵鳥鳴光照宇宙

可愛詩

山的形狀很可愛
雲的蔓延很可愛
聚落的點點分布很可愛
火車小小的好可愛
水果小黃瓜好可愛
包裝上的牛好可愛
這些氾濫的可愛
也用在你的身上
該怎麼辦？

山可愛　雲可愛
可是只有可愛的你在我摸摸你的可愛的頭髮的時候
才會微微地撇頭看我
於是印證了這個詞彙
在世間的意義

溫柔詩

1

山頂駝著碩大而無用
輕捲的邊角的雲啊
世人們掄起袖子說
這是一個萬中選一的缺點
因為你太溫柔
溫柔到化成了風
溫柔到化成了山嵐

化成白晝的晴絲
星夜的漩渦
最終成了溫柔的雨
摸著摸著山稜也睡去了
捏出了溫柔的輪廓

2

他們說這是一個缺點
沒什麼用沒人理
我從字典裡抱起她
藏在衣甲裡騎白色的馬逃走　到野地
當眼淚從山岡奔下　洪水的

村莊需要擁抱的舟耳時
就把這個神聖的嬰兒
自我窄小的胸膛提舉出來
溫暖的日光於是
光亮了這個世界

3

要成為這樣一個
溫暖的不刺眼的夜之橘黃光
柔軟不易斷的嬰孩之指掌
要經過多少黑夜和哭嚎呀
你在媽媽的城堡時不知道

此處是最深厚的床枕氣味
你在抱著哭泣的他人時不知道
你的心你的歌聲才是捧起
靈魂的那雙手
掌上有繭和露珠
而你面容純真
如暗夜燭光下
安睡之嬰孩

洋流預言

先知簡易

海風呼嘯的天空沒有雲
但有光亮的玉懸
在空中
知道風雲輕淡
亦知江山易改　不過
待到河口的沙洲淤積
的那個遙遠的將來
我未知生死的子孫

估計也會
這般仰望
似含在口中喃喃的姓名
捏得手中生汗的指尖
仰望空中懸浮的——
你們叫它什麼呢
那尚未命名的
月

長濱

海的聲音從五步之外
傳來　風正在追逐
追逐過彩色的晚霞
飛鳥　濃霧　之後
他們決定追逐彼此
蹤跡的白滿佈天涯
無路可逃之後
退進洞裡
　這可能會成為神話

你看著我
只是我們還不會說話
除此之外　我們一切都
知曉
風牽著手
挨著肩
擠進海潮歌唱的洞中

我們知曉星子的明亮與
沙子的細瑣
獸牙的光澤懸在你的胸間
剛剛好
我們知曉天降的水

枯木的火
不知道空氣但知道風
知道風會熄滅肌理的火
所以我們聰明地
在晦暗的海潮之洞
挨著肩
一如侵襲我們的風

不久之前　海島仍是
冰河季的一塊趾骨
不知何時　溫暖的海水
也許不是黑潮
灌進來

固執敲打同一個穴位
給孱弱的我們
造了宮室
我想了很久
還是想不到要戳
哪一個舌位
才能把這些奇怪的設想
好好的讓你明白
只是
我們還不會說話啊
只能注視著
獸牙的亮澤

洞穴之外傳來
風聲之外的異音
可能是披毛有骨的走獸
可能是前番出獵時入耳的呼吸聲
不記得了
只看見此刻你
停下了磨骨針的手
一枝火炬讓你看見
我的眼睛
即便耳裡是獸群咆哮的氣音
我們仍擁有火光裡
彼此的眼睛

我去看一看

（即便我跟你一樣
　害怕）
你不眨眼的頷首

海和風同等冰涼
踐踏海洋是自找
探不探出身　風都會來
冰河不是我們的時代
穴中舊跡
已知用火
獸的氣味濃烈
只是風向的緣故吧
我不能離開太久

可是在轉身的
雨絲寬的霎那
背後的大洋開口
用祂習慣的口氣說：
「腳掌所踏
目珠所視
都在微小的變動中
你的自以為　已無所謂
你做的一切
已不能改變」
是的　我通曉一切
通曉地殼下熔岩的計謀

通曉星辰日夜的牽動
通解雲霧山嵐的信息
只是還沒有能力訴說
我熟記洞穴的滴答聲
風的路徑與
甦醒的神態
以我僅有的頭骨盛裝
舉世的通曉
「去罷
你已離去太久」
太久

可是

什麼是短　什麼是久
等一隻魚烤好
等一支骨針成針
等待鹿兒抬頭的四目
等海蝕盡下一尊石頭
如果沒有人在等我
什麼是久

跫音在你
在我相似的耳之迷宮中　踱步
濱線長浪的絮語
只是平庸的背景音

卻比緩慢的我還會說
還要多久
我們才能用更精準的言語
分辨　雀鳥與隼
魚刺與獸骨
朝霞與虹
愛與喜歡

信史尚未開始
海霧正濃　而
獸的腥未散
必須用深刻
且

不著痕跡的方式
讓你明白
所以折返
在靈巧彈舌的語言
被不笨拙的另一群人約定之前
返回海與岩的模糊邊界
找一顆石頭
似流著熔岩的山
或墜地的星塵
為了能塞進你握骨針的手心
踏出疆界
向浮沫翻騰處去

這兒竟盡是尖銳的石角
亟須打製
稜角未鈍的他們
一如我們身體裡
還沒轉世過的靈魂
天空開始模仿海色
火炬呼出最後一口煙
厭惡多思的愚拙的稚嫩的靈魂
雖我能製石矛
且知用火
獸鳥已然匿跡
風兒仍在試探著

彼此　相視　相逐
用自己也恐懼的高音
嬉戲

你在灰暗裡待了這麼久
到底要做什麼
被你捨棄的上一塊石
多適合打製石斧啊
如果這一切祇是徒然的追求
你還要繼續嗎

天已經和海一樣黑了
祇有星辰折射

不久的記憶裡
你的眼睛
從白色的天到星的夜
等了那麼久
你的手爪上多了一些
咬製的痕跡
轉世之後
我們可能會和潮音
一同成為煙渺的神話
殘敗的詩
計算著手爪上不能流傳的信史

你終也停止使用
相約的語言
任風循環播放耳蝸熟悉的旋律
低著頭　骨針仍一步一鑽走
獸皮生白毫
我們都在等待
先發出一聲嘀咕的是誰
什麼是時間
等錯開時機的目光交錯
等出汗的掌心　遞物　交覆
族人吆喝著扛著走獸歸來
我們從失語中回復

在符文被刻下之前
塞一顆石頭到你手心
你胸口的那只獸牙
正顫動
如眾人狂歡的火光
惟你抿脣不說

信史尚未開始
後人可以輕易地宣稱
　我曾是你
　你曾是我
你的獸牙也曾被
握在我沁汗的手中

走行山嶺

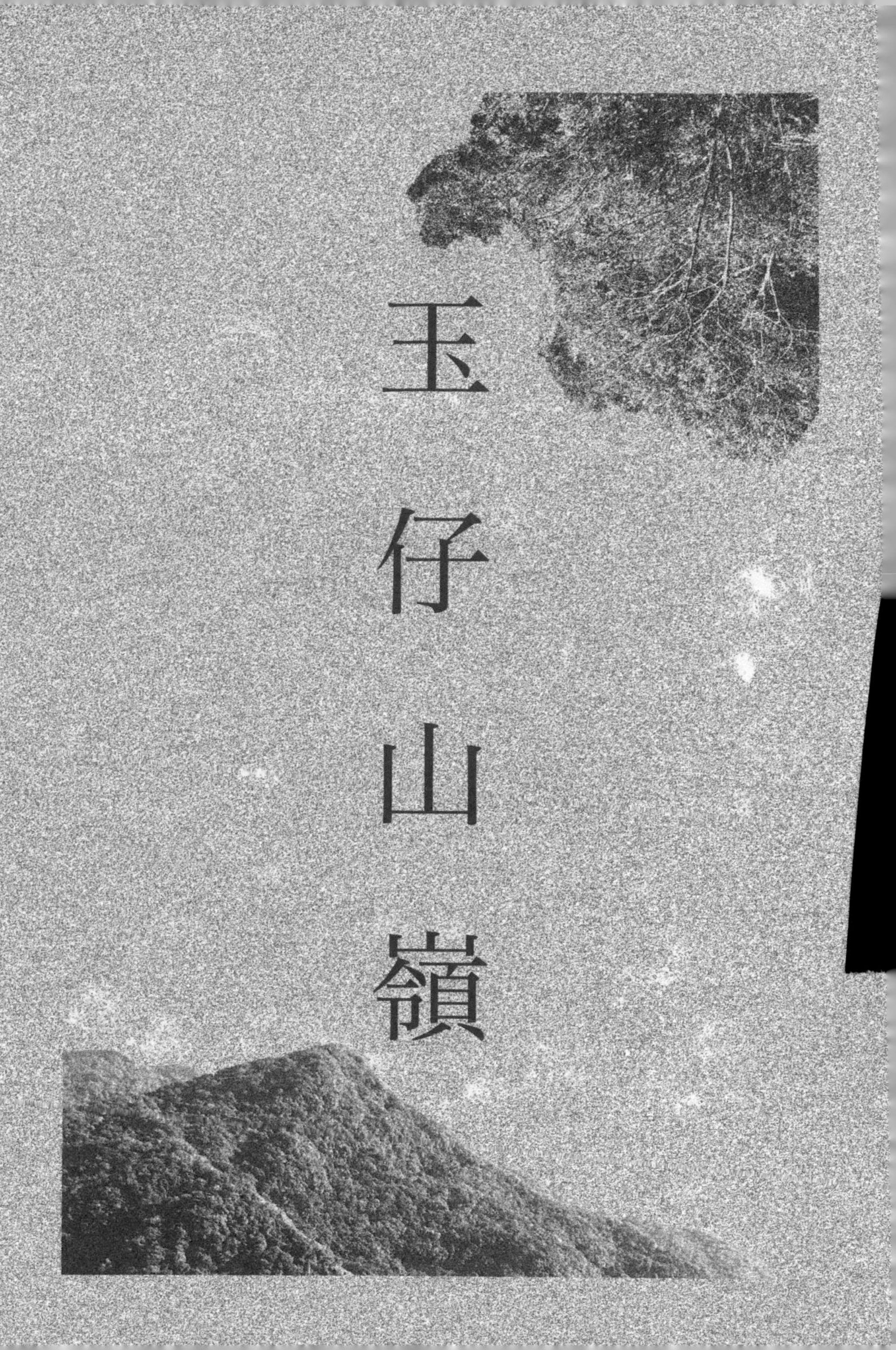
玉仔山嶺

水氣繚繞之地

自Maiasang[1]來，我們兄弟
姊妹都是山的孩子
從溪水的源頭，大地的中心
傳說的中心出走
達此tahun[2]繚繞之處
雲豹與黑熊可能在這為彼此上色，冠名

1 Maiasang指「舊大社」，各個社群的布農人曾在此共同生活。
2 tahun「水蒸氣」，「ターフン」為日文音譯，即「大分」。

好比我們為嬰孩戴掛首飾
以祖靈的名呼喚他們
Biung　Ibi　Savi　Niwa
來自Maiasang我們兄弟姊妹
都是山的孩子

達此タ－フン之地
老人家曾經奔跑的山林
日本語は来ました。
Minsumaina[3]　日本
獨目的太陽又燃起烤焦uvaz[4]成蜥蜴
的火，古道滾著加農砲，沒收
獵人的靈魂

於是射日的傳說再次出沒山林
出沒在，用我們的語言命名的
一個又一個駐在所、教育所
ターフン　カシバナ[5]
燃燒吧，haipis[6]帶回的火焰
私たちは栄光なブヌン。[7]
祖靈的語言尚未死去
haipis帶回的火焰仍在燃燒
我們要取回我們的獵槍

---

3 Minsumaina「來了、出現了」。

4 uvaz「孩子」。

5 カシバナ「喀西帕南」，社名，與大分社同為「大分事件」時布農族人襲擊之駐在所。

6 haipis為聖鳥「紅嘴黑鵯」，傳說中橫越洪水，為族人帶回火種，因而燻黑身軀，燙紅鳥喙。

7 ブヌン「布農」之日語音譯。

我們的名字，我們的森林
我們是山的孩子

達此大分之地　ターフン
並非在此分別啊孩子，你與我
有同樣的名和眼睛
穿透那tahun繚繞之地
水氣氤氳，精魂的上游
來自Maiasang的心
Bunun saikin, bunun kasu.[8]
水氣蒸散，生命發生
來自每個世界的中心的兄弟姊妹
都是bunun的孩子

8 Bunun saikin,bunun kasu.「我是布農／人，你是布農／人」。

緩緩

——麵包樹下的自我介紹

「現在，我們來用母語自我介紹……」聞之，孩子們紛紛露出惶恐的表情。

緩緩地時光滲進站長的門窗
琉球松和不再漏水的屋子
九十九歲
緩緩地生長，邁向下次腐朽

緩緩地火車進站
邦查　布農　賽德克　太魯閣　漢人

一一下車
到主人的facidol[1]樹下
圍成一圈
我來自山林，來自海濱
那部落與村莊皆有美麗的名字
我的名字是——

我的名字在陌生的音韻與舌位
響起熟悉的笑容
說來生澀也無妨，斷續如松針
如無牙的新生兒

1 facidol為阿美語「麵包樹」。

依賴母親哺乳的坐姿
祖靈與先民緩緩地登陸舌床
母親的語言環抱你
環抱一株可預知的大樹

說話的此刻我們九百九十九歲
九千九百九十九歲
九萬九千九百九十九歲
依憑著遠古的氣息與智慧
緩緩地生長
與天地同生

螢火蟲

Nuin tapushuan, nuin tapushuan.
Antandaiza danum hai mapais,
antansaincin danum hai madavus.
Nuin nuin nuin tapushuan.

來呀，螢火蟲，來呀，螢火蟲。
那裡的水是苦的，
這裡的水是甜的。
來呀，來呀，來呀螢火蟲。

——布農族歌謠〈Nuin tapushuan螢火蟲〉

回憶慢慢走過來
靜謐的森林，筆直的路
年幼而高大的樹，成熟而渺小的火
回憶的軌跡閃爍，扭曲，婉轉

「不能跟著去，你走著走著，就會忘記自己的名字，
忘記自己從哪裡來，只看得到你追逐的火光」

佇立在此，等待伊走過來
Antandaiza danum hai mapais
那裡苦澀的溪水乾涸吧
Antansaincin danum hai madavus

這裡的水很甜
能夠容納雨水，無星的夜
憤怒無助的，難以名狀的成長
絢爛的流淌，圖畫，撕毀，走動與歌唱
你的一生都在發亮
「生命的本質本勝乎我們追求的一切」

曾經害怕的，已經抵達身邊
牽著我的手
Nuin nuin nuin tapushuan

回家了

Mudanin kata, mudanin kata.
Kanta sipal tas-tas, kanta sipal tas-tas.
Muhaiv ludun, muhaiv ludun.
Kanta sipal tunuh, kanta sipal tunuh.
Muhaiv ludun, muhaiv ludun.
Sikavilun vini daingaz, sikavilun vini daingaz.

我們走吧，我們走吧。
經過瀑布，沿著瀑布。

越過山，越過山。
經過山壁，沿著山壁。
越過山，越過山。
腳上水蛭非常多，腳上水蛭非常多。

——布農族歌謠〈Mudanin回家了〉

你們左右搖擺，風吹拂山腳下的
古木，還不能準確地朗誦古老的
風，但你們大聲唱
旋律乘載的記憶在搖擺中清晰

獵人從遠方來
可能是Saviah[1]　玉仔山
從葫蘆花裡誕生吧
Muhaiv ludun, muhaiv ludun
然後越過山
從遠方來
約定的橘子樹下生成新的家
風從哪裡來你尚未知曉
但知有風
記得飛瀑的歌tas-tas
Kanta sipal tas-tas
樹從哪裡來你尚未知曉
但知有根

獵人背了獵物要回家
家裡有燒紅的陶鍋與圍成圈的家人
Mudanin kata, mudanin kata
走了我們沿著tas-tas響的山壁
Muhaiv ludun, muhaiv ludun
然後越過山越過山丘
越過一個又一個山頭
射日英雄在月亮下白了頭
Sikavilun vini daingaz, sikavilun vini daingaz
腳上好多水蛭，好多水蛭

---

[1] Saviah指「玉山」。

再種下一棵橘子樹，再唱一次
再種下一棵柚子樹，再唱兩次
Mudanin kata, mudanin kata
就會到家

方止一日

「我要去做自己想做的事。」

路上還會經過一些水 田。

耕耘機在田裡來來去去

於

我在歷史中的經歷

真好笑

手、擁抱、親吻

不用戴口罩

此

咖啡廳

是我害了你

意義何在？

同

在巴賽隆納

宇宙是什麼樣

一個很奇特的經驗

時

八點就上床看書睡覺。

，婚喪喜慶，

一步一步

他們走進了有光的地方

Quaranta[1]

天氣還冷
黃道已經北升
晝長正朝夏至奔去
冬眠結束
還困在家屋的生靈

1 Quaranta為義大利語之「四十」，是英語quarantine隔離之由來。

轉而用雲中的絲線溝通
本來如此，更加如此

四十天，諾亞的舟
可能會見到陸地
但我們不需要地
我們需要食物和
衛生
紙，寫詩，摺紙
也用來記錄白鴿
銜來的信號
的那天

聞說舟中眾生未解滅絕
白月彎　耳後黑底白斑　六色虹彩
海與山與細菌不分性別

福爾摩沙二〇二〇

他們發現島嶼，莽撞地
命了名，不在乎一見鍾情或回眸生意（向來
島嶼在地圖中沈沒）
海波的震盪，漾慣了了乾涸的高腳杯
就是這樣了。他們下船
發現潮汐照映月白的沙洲
發現瞳孔與喘息

肩頭滑落的絲綢，無風的植被
航海士頷首，這裡果然適合
停泊浪花與寂寞

走向平原他們
發現硬殼的果實摟著樹的痀僂
發現野貓樹梢舔著匿藏的歌
他們驚愕地抬望眼

發現鹿群，奔動的步伐和甲板
共鳴和底艙同寢
靈動的耳朵披著春生的絨毛

轉向這裡

白色的幼花在風中傳遞
眼波清澈，一如史前

Iha Formosa　他們從大洋讚嘆
並路過，從西岸登陸並佔領
而我只注視甲板上配戴十字的你
立於你尚未跨足的此地
有柑橘樹的地方，有楓樹的地方
無須命名，已是泥濘且乾爽的家園
掩著口，眉目清澈
他們發現了Iha Formosa
而我們本來存在

幺言

後記

羽翼

Mais tu-i-ian a bilva, nahudananin.[1] 雷聲作響，就要下雨了

從用力天下摔下了什麼東西？
悶悶的碰撞聲
傳遍縱谷的走廊tu-i-ian a bilva
這個黑夜，鄰人的酒杯，uvaz[2]的哭鬧
Tu-i-ian a bilva, tu-ia——

---

1 Mais tu-i-ian a bilva,nahudananin.mais「當……時」，tu-i-ian「正在響」，bilva「雷聲」，nahudananin「將要下雨」。

2 uvaz「孩子」。

閃雷照亮山脈與平原的輪廓
在這樣的天氣下讀書、算數、訂正作業的你
是否有後顧之憂？

你回頭，看到hanitu[3]捻著院子裡的芭蕉
對你說：takna hai hudanan
aip hai hudanan[4]……（昨天下雨
今天下雨……明天你也將在雨中哭泣）
拿擦子丟祂之後，還得出去撿
在夜雨中奔跑，下一個雷擊的光

裂成碎片的綠色仍是綠色，tama[5]仍是tama
掃帚可以是武器

你一跳，就成了卡保士
卡保士拆開竹簍，竹條刺入兩腋
將掃帚夾起
於是有了飛翔的論述
飛過不給鍋巴飯的後母親，naubapingaz tu cina[6]
飛過曾經輕蔑的眼神（如今我能飛了）
Uvaz！nakuisa kasu？（孩子！你要去哪裡？
的神情啊tama）已經不能用同樣的語言回答了
Tama的頭哭著哭著會不會自然掉下來呢？

---

3 hanitu「精靈、鬼魂」。
4 takna hai hudanan/aip hai hudanan.takna「昨天」，hudanan「下雨」，aip「今、今天」。
5 tama「父親」。
6 naubapingaz tu cina「妹妹的媽媽」。

你飛入黑夜之中，只有雷光照亮縱谷時
人們辨識你遙遠的鳥羽
Nahudananin.
天空摔下一個長翅膀的孩子

註：詩中卡保士是布農族傳說中，因不堪後母虐待而變成鳥的孩子；其父悔泣不已乃至於頭顱滾落。本詩為〈玉仔山嶺〉系列作之一，因參加二〇二一年後山文學獎，而未參加新人獎之評比。今獲優選，附於後記，以誌其事。
願每一個孩子都能好好長大。

本詩集中使用郡群布農語寫作，主要參考個人課堂筆記與族語E樂園之內容，歌詞拼音標記未臻完善，尚祈見諒。特別感謝我的族語教師Niun Takisvilainan（李曉芳），與我的同學們。感謝在南花蓮與我一起寫下回憶的夥伴與家人。

讀詩人145　PG2641

信史

作　　者　天　吳
責任編輯　石書豪
圖文排版　陳彥妏
書籍設計　蔡欣岑
封面完稿　蔡瑋筠

出版策劃　釀出版
製作發行　秀威資訊科技股份有限公司
114 台北市內湖區瑞光路76巷65號1樓
電話：+886-2-2796-3638　傳真：+886-2-2796-1377
服務信箱：service@showwe.com.tw
http://www.showwe.com.tw
郵政劃撥　19563868　戶名：秀威資訊科技股份有限公司
展售門市　國家書店【松江門市】
104 台北市中山區松江路209號1樓
電話：+886-2-2518-0207　傳真：+886-2-2518-0778
網路訂購　秀威網路書店：https://store.showwe.tw
國家網路書店：https://www.govbooks.com.tw
法律顧問　毛國樑　律師
總 經 銷　聯合發行股份有限公司
231新北市新店區寶橋路235巷6弄6號4F
電話：+886-2-2917-8022　傳真：+886-2-2915-6275

出版日期　2021年11月　BOD一版
定　　價　320元

Printed in Taiwan

讀者回函卡

國家圖書館出版品預行編目

信史 / 天吳著. -- 一版. -- 臺北市 : 釀出版, 2021.11
面； 公分. -- (讀詩人 ; 145)
BOD版
ISBN 978-986-445-523-2(平裝)

863.51 110015669